triple
witching
hour
Olga Rogalski

triple witching hour

Olga Rogalski

TOKYOPOP®

HAMBURG // LONDON // LOS ANGELES // TOKYO

Inhalt

Ein TOKYOPOP® Manga
TOKYOPOP GmbH
Bahrenfelder Chaussee 49, Haus B
22761 Hamburg

TOKYOPOP
1. Auflage, 2006
Deutsche Ausgabe/German Edition

Originalausgabe

TRIPLE WITCHING HOUR

Redaktion: Joachim Kaps
Lettering: Stefan Schulze
Herstellung: Birgitt Steven
Druck und buchbinderische Verarbeitung: Clausen & Bosse GmbH, Leck
Printed in Germany

ISBN-13: 978-3-86580-449-5
ISBN-10: 3-86580-449-7

www.tokyopop.de

1: Die Stunde des Abschieds

Es gibt Menschen, deren Verhalten völlig unvorhersagbar ist.
Und in ganz besonderem Maße gilt das für meinen Bruder.
HUF
HUF
De-mien!

Demien!
Yunna?
HUF
HUF
Was ist denn los?
Ist was pas-siert?
TAP

Speedy ist weg!
Weinst du etwa wegen dieser kleinen Ratte?
......
Speedy ist eine Maus!
Was soll's? Er hat jetzt seine Freiheit...

Sind doch alles Nager...
!
MIAU
Still! Sonst krieg ich noch Ärger...
Miau?!
Ist hier irgendwo eine Katze?

AHAHAHAHA...
Miau...?
Also, ich hab nichts gehört!
Deine Ohren spielen dir einen Streich!
HÄ HÄ
Au Backe...
MIAU
!!
UAH!

Also doch ein Kätz-chen!
HACH JA ...
Hö?!
....
Speedy!
!!
Es ist wirklich wahr! Keiner kann vorher-sagen, wann und wie mein Bruder wieder Mist baut...
Demien!
OH OH
...

10 Jahre später...
Du, Yunna, ich habe beim See ein schönes Plätzchen entdeckt.
Man kommt über den Steg fast bis zur Mitte des Sees. Ein-fach fantas-tisch!
Hey!
Hm...?
Du kommst doch sicher mit, oder?

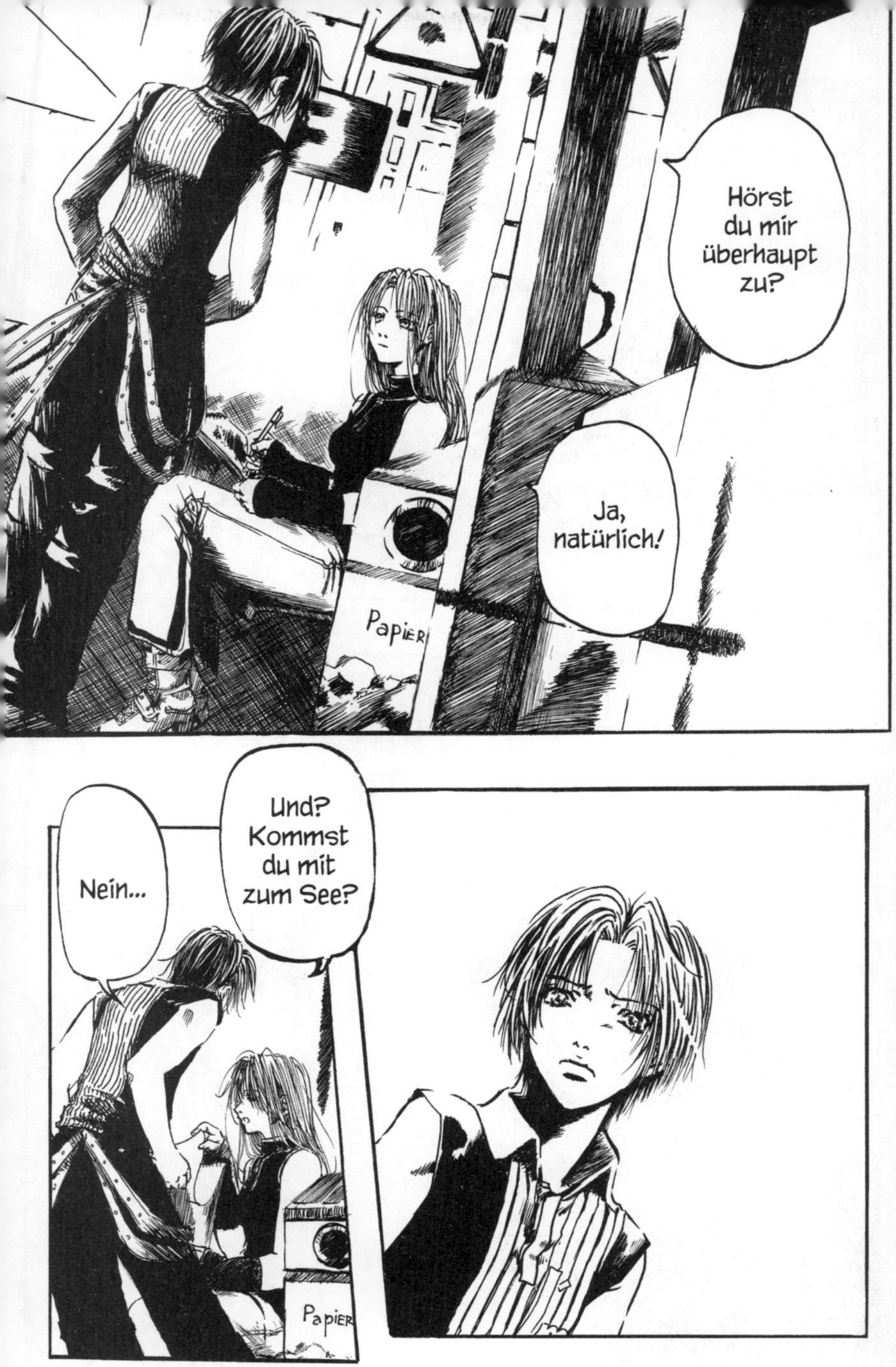
Hörst du mir überhaupt zu?
Ja, natürlich!
Papier
Und? Kommst du mit zum See?
Nein...
Papier

84
4
H
H
Ich habe Bianca versprochen, mit ihr ins Museum zu fahren.
Sie will die Fledermäuse nochmal zeichnen.
Im Moment sehen die nämlich aus wie Chinchillas...
Soll das heißen, ich werde versetzt?!
Wegen so einem Flattermann?!
......
RAH!
Sketch PAD

Moment mal...
Gibt es vielleicht andere Gründe, warum du dahin willst?
GRR
Ist der erste Buchstabe ein „E"...?!
Demien! Lass das!
H
84 4
3

Und endet er vielleicht mit „rik"?!
Klappe, Demien!
SEUFZ
War das, was du gerade nach mir geworfen hast, nicht deine Hausaufgabe?
Rettungsmission ahoi!
Hier geblieben!
WHAAH
Bist du lebensmüde?!

HA...
HA...
POFF
Hast du den Verstand verloren? Du hättest mich umbringen können!
Schau mal...
... nach links!
DADAM
DADAM
....
Komm mal her...
Falls du mir nochmal das Leben retten solltest, dann mach es bitte etwas rücksichtsvoller.

Was meinst du? Kommst du mit?
Aber ich verzeihe dir, wenn du mit zum See kommst. ♥
Ich muss ins Museum.
Aber du bist herzlich eingeladen mitzukommen.
Wozu? Um zu-sehen zu müssen, wie du und Erik euch gegen-seitig angafft, aber nichts passiert, weil Bianca die Anstands-dame mimt?!
Da geh ich lieber schwim-men!
Nein...
PAT
PAT

GRR
?
Von mir aus kannst du ersaufen!
HMPF...
ÄH
Yunna, warte!
War doch nur ein Witz!

Mann, das nervt... In letzter Zeit hängt Yunna nur noch mit Bianca und Erik rum.
Ist mir schon klar, dass es ihre Freunde sind...
... aber mir fehlt die gemeinsame Zeit mit ihr.

!
SCREEECH
FAUCH

Hm...
Argh!
KNA
KS
SEUFZ
Na, toll... Ich hätte den Block wirklich nicht nach Demien werfen sollen...
TOK
Jetzt muss ich alles nochmal machen...

Aber muss er mich denn ständig so mit Erik aufziehen?
DING
DING
Hallo?
......

Das darf nicht wahr sein!

Bitte nicht...
Sie lügen!
Diese Stimme...
Mama...
Was für ein Mensch sind Sie?!
Beruhige dich doch...

Wie können Sie behaupten, dass mein Sohn tot sei?!

TAP
TAP

AAAHHH

triple witching hour
2: Die Stunde der Wiederkehr
SONY

Es gibt Worte, die erst einen Sinn bekommen, nachdem man etwas erlebt hat.
Auch den Wert eines Menschen erkennt man oft erst, wenn dieser nicht mehr da ist.
Man erinnert sich an vieles, was vergessen geglaubt war.
Gute Dinge, schlechte Dinge...

Es fallen einem Worte ein, die man hätte sagen sollen, und Worte, die besser unausgesprochen geblieben wären.
Hey, Yunna...
Ah...

Vieles, was selbstverständlich erschien, sieht man nun in einem anderen Licht.
Erik... Woher...?
Bianca...
Sie hat mir gesagt, dass du vermutlich hier bist.

Ver-
stehe.
Tut mir leid, ich wollte dich nicht stören...
.....
......
Tust du nicht...

Ich freue mich, dass du hier bist...
An einem Ort wie diesem sollte man nicht allein sein.
Sag mal...
Geht es dir jetzt besser?

Hust!
Soll ich dich nach Hause fahren?
BLINK
Hmm
......
Huh?
Huh?
HE HE
Da hab ich eine bessere Idee!

Hm?
HAIR Style
Schnipp
Schnapp
HAIR Style

Seufz
Was soll ich bloß hier?
Tü ~ Düt
Tü ~ Düt
!
Düt ~ Düt
Bianca...

Yo,
Erik!
Hi,
Romeo!
Bianca!
Uuund?!
Wo steckt
denn deine
Julia?

Hast du es ihr gesagt?!
Ihr was gesagt?
Herrje...
Na, was wohl?
Ach so...
Nein, hab ich nicht.
PAT
Oh, Mann...
TSCHAK
Und wieso nicht?

!
AH!
Hä?!

Yun-na?!

Jupp!

TSCHAK
SEUFZ
Was soll ich mit Demiens
altem Fahrrad...?

Smile
Yunna!
Yunna, warum hast du das getan?!
Du hattest doch so schöne lange Haare...
HMM...
Ich kann mir nicht helfen, aber...
... du siehst aus wie Demien nach einer Geschlechts-umwandlung.

Es ist schon ein komischer Gedanke...
Ich weiß nicht einmal mehr, wann man uns das letzte Mal verwechselt hat, Demien und mich...
Dabei waren wir doch Zwillinge...

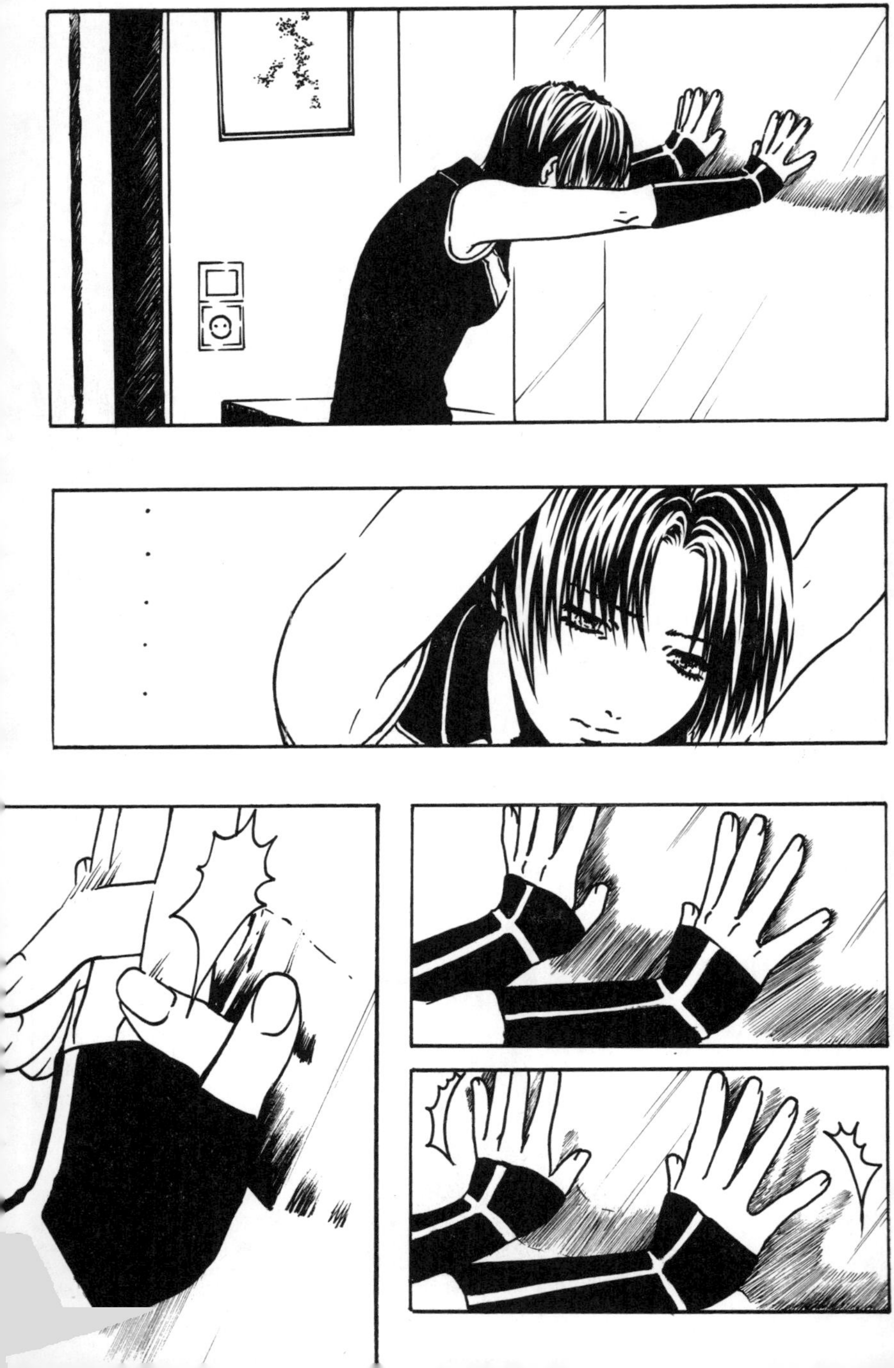

D...!

UUAAH!

Demien?!
BOFF
Hi!
Ich bin...

... wieder da!
Aber wie siehst du denn aus?!
Gu... Gu...

Ah!
Hey!
Warte!
!

AAAHH
TUD
Sorry...
OH
OH
W... Warte!
BATSCH

Ich wollte
doch nur mit
dir reden...
Ich kann
nicht
mehr...

RASCHEL
RASCHEL
RASCHEL
!

UUAAAH!

triple witching hour
3: Die Stunde der Ankunft

Yunna...
Wo steckst du...?

BLINK
TROPF
Was...?
DRIP
W... wo...?
... wo zum Henker bin ich?!

!
Kto?
Oh Gott...

Ti Kto?
?
!

!
?
Demien?!

? ? ?
Hm...
Sa mnoi.
Ich verstehe kein Wort...

Sa mnoi!
HE?
!!
Hey!
Hey! Lass mich los!
...

Autsch!
Vielen Dank auch...
Wer hätte gedacht...
... dass die »Kleine« so stark ist?
Sa mnoi...
Ich glaube, das heißt soviel wie »mitkommen«...
Okay!
Fu... Fuu...

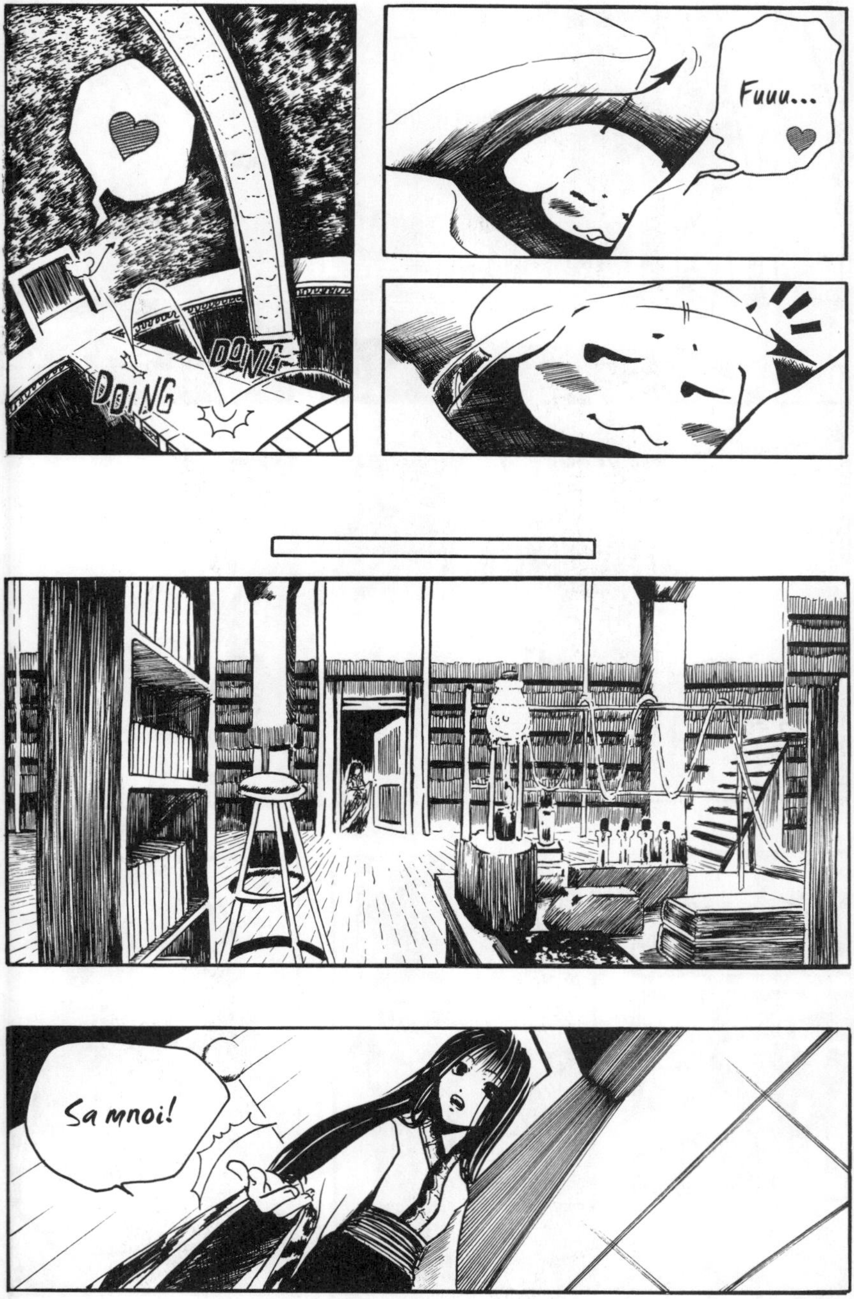
Fuuu...
DOING
DONG
Sa mnoi!

TAP
TAP
?
!
Unglaublich...
TAP
TAP

?
TAP
TAP
TAP
!

Arton?
TSCHAK
Arton?

Ngh...

Demien?!
Tjen...
?
Kannst... Kannst Du mich verstehen?

Kannst du...
... mich verstehen?
Fuuu!
DOING
DOING
DOING
?
DOING
OH
OH

GAAH!
Fuuu!
UAAAAH!
Fuuu!

!
Wieder wach?
Wo bin ich hier?

Das hier ist mein Zimmer...
Autsch!
Hey, langsam, langsam!
Was ist passiert...?

Er hat über-
trieben...
Er?
Der da!
Fuuuu...

Da ist mächtig was schief gelaufen...
Du heißt Yunna, stimmt's?
?
Wie soll ich es sagen? Die Sache ist die...
Demien hat mir von dir erzählt...

Unser Fürst ist gerade nicht zugegen...
Aus diesem Grund hat er jemanden an seiner Stelle hinterlassen...
... deinen Bruder!
Das ist so verrückt...

Es kommt mir so vor, als wäre das Ganze nur ein Traum...
... und ich würde jede Sekunde aufwachen.
Demien hat mich ausgetrickst und ist abgehauen...
Und wie es scheint...
Ich weiß auch wohin...
... hat der Kleine hier dich anstelle deines Bruders hierher gebracht.

Was ist dieses »hier«?
Naivi!

triple witching hour
4: Die Stunde der Fragen

Naivi?! Was ist Naivi?!
Eine andere Welt...
Hä?!
Willst du damit etwa andeuten, dass wir nicht auf der Erde sind?
Das war doch ein Scherz...
... oder nicht?
SCHERZ?
SEUFZ

Ein Scherz?
Glaubst du nach all dem, was du gesehen hast, dass es ein Scherz ist?
...
Nicht wirklich...
Es ist nur...

KRAH!
POFF
... Du...?
Ja?
Erzähl weiter...
... über Naivi und alles andere.

Naivi, das sogenannte Land des Canyons...
... war vor sehr langer Zeit mit deiner Welt verbunden.
Früher diente es als so eine Art Jenseits für die Seelen der Verstorbenen...

... doch als unserer Welt aus diesem Grund eine Überbevölkerung drohte, isolierte sie sich und trat die alte Funktion an eine andere Welt ab.

Um von unserer in deine Welt zu gelangen, braucht man einen Schlüssel.
HMM...
Es gibt heute übrigens nur noch zwei davon...
... aber meinen hat dieser Nichtsnutz Demien geklaut!!
Raaah! Wenn ich den in die Finger kriege...
Dann gibt es noch einen zweiten Schlüssel?
HUF
HUF
Ach du Schreck, mein Blut-druck...

Ja, den hat unser Fürst, und der ist gerade nicht da.
Das ist ja das Problem...
Er hatte Demien zu seiner Vertretung ernannt.
Wer hätte auch ahnen können, dass er abhaut?
SEUFZ
Jeder, der ihn besser kennt...?
BÄH!

Demien hatte schon als Kind ein Problem damit, Verantwortung zu übernehmen...
... und Autorität erkennt er aus Prinzip nicht an.
Verstehst du?
Wah! Warum weinst du jetzt?
SNIF SNIF
Seufz...
Dann sitze ich hier wohl wirklich fest...

Warte mal...
Kann ich nicht auf dem gleichen Weg zurück, auf dem ich hergekommen bin?
Du meinst...?
ZUCK
Hey, was ist los?!
Du bist plötzlich so blass...
Schlag es dir aus dem Kopf!
Es stimmt zwar, dass Fnifna dich hergebracht hat...
... aber du kannst froh sein, in einem Stück hier angekommen zu sein. Er bringt dich nie und nimmer wieder zurück.
ZZZ

Um dich zurück zu schicken, müssen wir erst einmal Demien finden...
Aber keine Sorge, ich habe mich schon darum gekümmert.
?

Bitte, was?!
Nicht schon wieder...!
Diese Idioten...

Was ist das?!
Ohrclips... Du solltest die tragen.
Und was soll ich damit?

So wirst du verstehen können, was ich sage.
Z Z z
Außer mir kann hier keiner eine Sprache sprechen, die du verstehst...
Tat-sache!
Hmpf!

Und im Gegensatz zu dir, will keiner wissen, was er sagt.
Wahnsinn, dass es so was gibt...
Mit Hilfe dieser Ohrringe kannst du jede gesprochene Sprache verstehen, egal ob du sie beherrschst.
Du wirst sie brauchen!

!
SCREE
...
Da kommt schon der Erste...
...
Arton!!

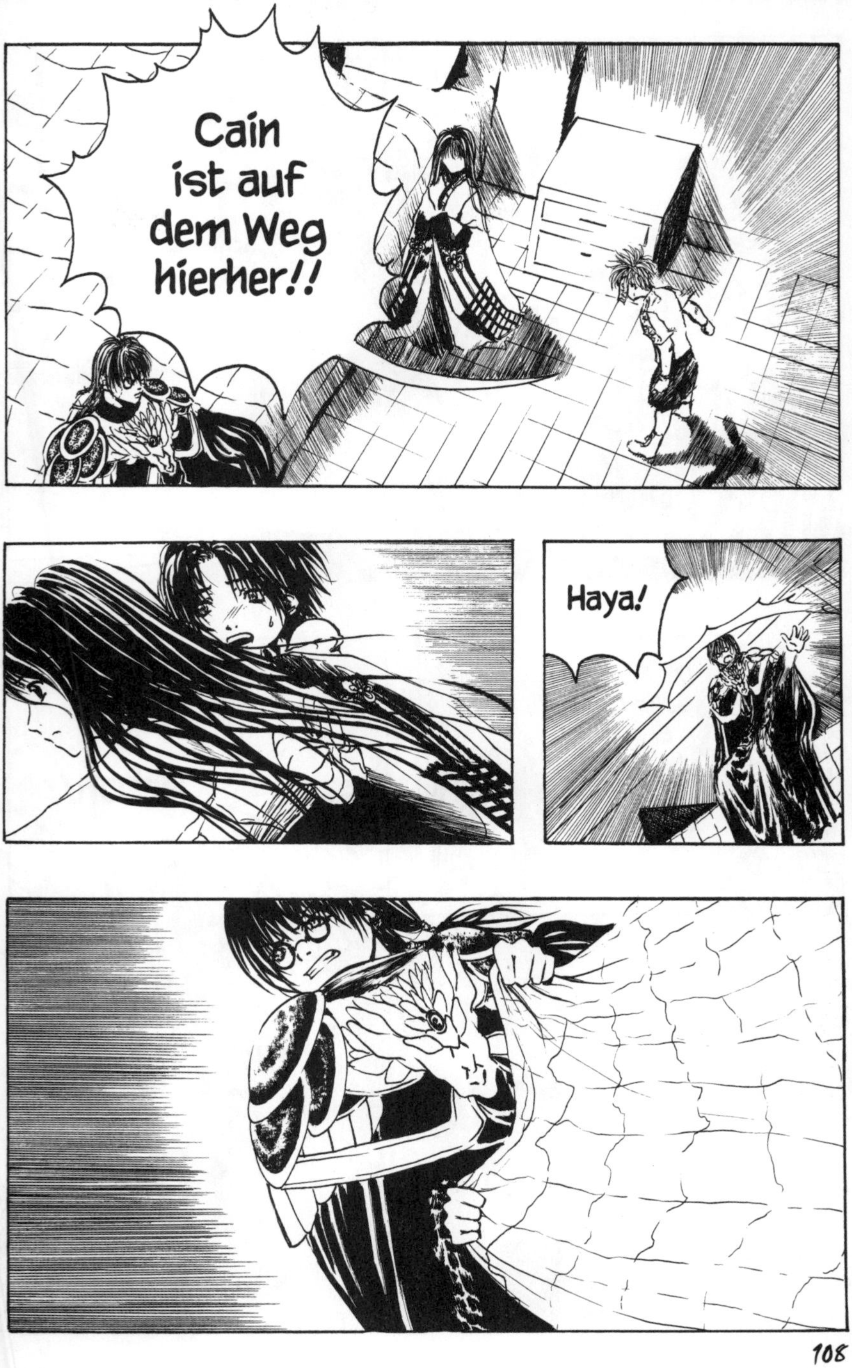
Cain ist auf dem Weg hierher!!
Haya!

Hier steckst du also, Abel!
!
KCH KCH KCH
Sprich dein letztes Gebet!
Ver-dammt...!

PANG
Autsch!
Kya!
BUMM
GATANG
Das wirst du mir büßen!
Werd ich nicht!
Also...
... könnte mir vielleicht mal jemand verraten, was hier los ist?

Die zwei sind die jüngeren Söhne unseres Fürsten...
... und wie du siehst, können sie sich nicht besonders gut leiden.
Leider verbietet es uns unsere Stellung, irgend-etwas gegen sie zu unternehmen...
Aus diesem Grund hatte unser Fürst auch deinen Bruder zu seiner Vertretung ernannt, damit er ein Auge auf sie hat.

Was für ein Tag!
Und jetzt noch diese beiden Idioten, die sich an die Gurgel gehen...
Babysitten? Kein Wunder, dass Demien die Flucht ergriffen hat...
... dazu drei Idioten, die sich vor ihnen verstecken...
... und ein »Etwas« namens Fnifna, dass trotz des Durcheinanders seelenruhig seinen Mittagsschlaf hält.
Das habe ich alles meinem Bruderherz zu verdanken!
Z
Z
Z

Ich weiß nicht, wie es euch geht, aber ich will mich nicht verstecken müssen!
Warte! Was hast du vor?
Meint ihr nicht, dass es genug ist?!
He! Ihr beiden!!
Ich werde diesem Spuk ein Ende bereiten!

Das ist doch wohl...
...ein Witz!

Fass Fnifna nicht an!
Keine Sorge! Ich werde sie zur Vernunft bringen!
Fuuu!!

Ich wollte sie warnen, dass es zu einer Explosion kommen kann, wenn man das Fnifna so anfasst.
Zu spät...
Alles total verkokelt...

triple witching hour
5: Die Stunde der Umkehr

Und noch eins...
?
DING DONG

Hmm... Hoffentlich bringen Scherben wirklich Glück...
SCHEPPER
KRACH
DING DONG
Ob das Yunna ist?
Na? Schon zurück?
!

E... Erik?
....
Guaah!

Was zum Henker willst du hier?!
Du bist Demien...
Spinnst du?! Was hättest du getan, wenn ich Yunna wäre?

.....
....
Ich bin ja sooo fies!
HE HE
Aber mal ehrlich...
Ich dachte...
... du wärst tot!
HE HE HE

Also, diese Sache...
TOK
TOK
TOK
BAMM
!

Demien!!
Jo...
Jo...
Joel!
Gyaaah!
Was tickt er denn so aus? Als ob er einen Geist gesehen hätte...
Hätte ich auch so reagieren müssen, als ich Demien gesehen habe?

Ich muss dich was fragen...
!
Hab keine Angst, ich will nur mit dir reden!
Komm nicht näher, sonst springe ich!
Wir sind im Erdgeschoss, du Kasper!
Ich will nicht wieder zurück...
SCREECH
SCHNAPP

Deswegen bin ich doch gar nicht hier, du Spinner!
Ich frag dich das jetzt nur ein Mal und werde mich ganz bestimmt nicht wieder-holen!
Also... Wo ist der Schlüssel?!
Schlüssel...?
Warte eine Sekunde...
Ups!
Ich hab ihn wohl verloren...
So was Dummes aber auch...
Äh... Joel...?
Warte, Joel!
UAAH!

Was zum Henker geht da vor?
Mensch, hör auf zu zappeln!
Wa... warte!!
Buhuuh! Erik, hilf mir!
Der macht Schnitzel aus meinen Klamotten!
SCHOCK
Hm... Er ist tatsächlich nicht da...
Beschütze mich! Ich habe Angst!
Bleib weg von mir!

WAAA
Demien?!
Zieh dich an, wir gehen!
Und wohin?!
HUF
HUF
ZUPF
ZUPF
Nicht da...
Also ...
... ich bin echt froh, dass Yunna meine Sachen nicht weggeworfen hat.
Es wäre übel, wenn ich mir ihre Sachen borgen müsste.

PRUST
Hey! Woran denkst du gerade?!
Was ist? Gehen wir?
Aber Erik kommt mit, er hat sogar ein Auto!
Von mir aus...
Lass mich bloß nicht mit ihm alleine!
Wieso? Ist doch nur ein Kind?

Jetzt!
HEH!
TAP
TAP
Die Schwingen der Freiheit...!!
Dieser... #@%*!
!

Wo steht dein Auto?

Soll ich wirklich nicht helfen?
Nicht nötig!
Mach einfach die Wagentür auf!
Hey... Hör auf mit dieser Bewusstlosen-nummer!
Du hast es so gewollt...

BÄH!
Ist das widerlich! Was ist denn das für ein Zeug?!
Alles klar, wir können losfahren!
. . . .
Wohin soll es denn gehen?
Warum muss ich auf dem Rücksitz sitzen?!
Fahr einfach los, ich sag dir dann die Richtung!

Nimm die nächste Ausfahrt, okay?
......
......
Mach ich.
Würdest du mir jetzt vielleicht mal verraten, was los ist?
Warum hat Arton ausgerechnet dich geschickt, um mich zurückzubringen?

Dich zurückzubringen?
Als ob ich deswegen kommen würde!
Ich kann ja verstehen, dass du nicht begeistert bist, mich zu sehen, immerhin war ich derjenige, der dich nach Naivi gebracht hat.
Die Tatsache, dass du noch lebst, verdankst du allerdings ausschließlich mir...
... und auch diesen Körper.

Ich bin hier, weil du durch dein Benehmen eine Lawine von Ereignissen ausgelöst und einer Menge von Leuten Probleme bereitet hast.
Außerdem hast du einen sehr wichtigen Gegenstand entwendet.
Bah! Red nicht so ge-schwollen!
Immerhin hat man mir den Job aufgehalst, den DU nicht machen wolltest!
Na, du »Erstge-borener«?!
Wem soll ich denn Probleme bereitet haben?
Deiner Schwester...

Yunna?!
Deinetwegen ist sie jetzt im Jenseits...
Was?!
Pass auf!
Hu?!
KYA!

POLIZEI
Puh! Das war knapp!
Ist jemand verletzt?
Ihr da!
Sofort aussteigen!!
Der Junge ist weg!
POLIZEI

Diese Vollidioten! Wie kann man sich...
... zu so einem Zeitpunkt verhaften lassen?
Ich muss doch Lucifer finden...
Wah! Fnifna, mein armer Kleiner!
Geht es dir gut?!

Polizei
Na toll... Man hat uns verhaftet!
Wird schon nicht so schlimm werden...
Das musst DU gerade sagen!
Also echt!
Was ist mit dir?
Mir kann nichts passieren.
Ich bin offiziell tot...
... und wer's nicht glaubt, darf gerne buddeln gehen.

Meinst du damit, dass du wirklich...?
Ja und nein...
Dieses Kind, das du heute kennengelernt hast, dieser Joel...
... ist in Wirklichkeit der älteste Sohn von Lucifer, dem Unterwelt-fürsten.
Er ist eigentlich viel älter als wir beide zu-sammen.
Merkt man ihm gar nicht an...
Kein Wunder...

Ich habe gehört, sein Vater wollte ihm dem Thron übergeben.
Er hat es abgelehnt, was ich nur allzu gut verstehen kann.
Seit dieser Zeit lebt er auf der Erde. Er ist Wissenschaftler oder so was in der Art und meint, er hätte hier die nötige Ruhe für seine Forschung.
Am Tag des Unfalls habe ich ihn das erste Mal gesehen...
POFF

triple witching hour
6: Die Stunde der Antworten

Dieser Joel...
Wenn ich daran denke, das alles mit dieser kleinen Kröte angefangen hat...
... dann könntest du was?
Schreien...!
Stell dir mal die folgende Situation vor...
Du hattest soeben einen Unfall, dir geht es ziemlich dreckig, du weißt, dass es mit dir zu Ende geht...
... und dann taucht plötzlich jemand auf, der sagt...

... »Ich könnte dich retten, wenn du willst.«
Wer würde da schon nein sagen?
Aber dass ich dafür meinen Körper verlassen...
... und ins Jenseits wandern müsste...
Ist doch gut...
Immerhin hat er dich ja gerettet!
Hmpf... Es ist nicht so, dass er es aus Nächstenliebe getan hätte.
Es war Teil eines Experiments, für das ihm bis dahin ein Versuchskaninchen gefehlt hat.
Da bin ich ihm gerade zur rechten Zeit vor die Füße gepurzelt.

Auch wenn er mich »gerettet« haben soll...
... meinem Ego tut es weh!
Deine Worte sind irgendwie sinnlos...
Aber als ich seinem Vater, dem Fürsten der Unterwelt - also Lucifer - vorgestellt wurde...
... da fing der Ärger erst so richtig an!
»Fürst der Unterwelt«... Meine Fresse!
»Direktor eines Irrenhauses« würde es wohl eher treffen. Seine Psychos von Kindern gehen sich nonstop an die Gurgel...
... aber das konnte ich ja nicht wissen.

Lucifer hat mir dann erst einmal die Ohren voll-geheult, wie nötig er eine Ruhepause hätte...
...und wie traurig es ihn macht, das Joel nicht seine Nachfolge antreten will.
Also habe ich gesagt »Nimm doch Urlaub!«. Keine Ahnung, was mich da geritten hat...
Du hättest sein Gesicht sehen sollen!
Es war, als hätte er plötzlich eine Erleuchtung gehabt.
Dann packte er mich an den Schultern und sagte...

...»Dann wirst du in dieser Zeit die Stellung für mich halten!«
Ich war so überrascht, dass ich zugesagt habe.
Aber das böse Erwachen kam sehr bald...
... also nutzte ich die erste Chance zur Flucht, die sich mir bot.

Aber das Yunna deswegen in Schwierigkeiten gekommen ist...
Ups!
Die habe ich jetzt ganz vergessen...
WÄÄH
BUHU
Was soll der Lärm?
!!

Waah!!

De... Demien?!
Kennt ihr euch?
Das ist Lucifer...
DAS ist also der Fürst der Unterwelt?!
Demien, diese Welt ist so grausam...
Irgendwie hatte ich mehr erwartet als so ein kleines Häufchen Elend...

Oh Mann, was für eine Szene...
Wer bist du?!
Joel!!
Mein verlorener Sohn kehrt zurück?
In deinen Träumen vielleicht!

Jetzt steht unserer Rück- kehr nach Naivi nichts mehr im Weg.
Ach ja, Demien...
... dir ist hoffentlich klar, was du jetzt zu tun hast?
Muss ich wirklich...?
......
SEUFZ

Hast du wenigstens deinen Schlüssel noch?
Schlüssel...?
Warte mal kurz...
Ups!
Ups?!
Ah! Da ist er ja!
Ich dachte schon, ich hätte ihn verloren...
......

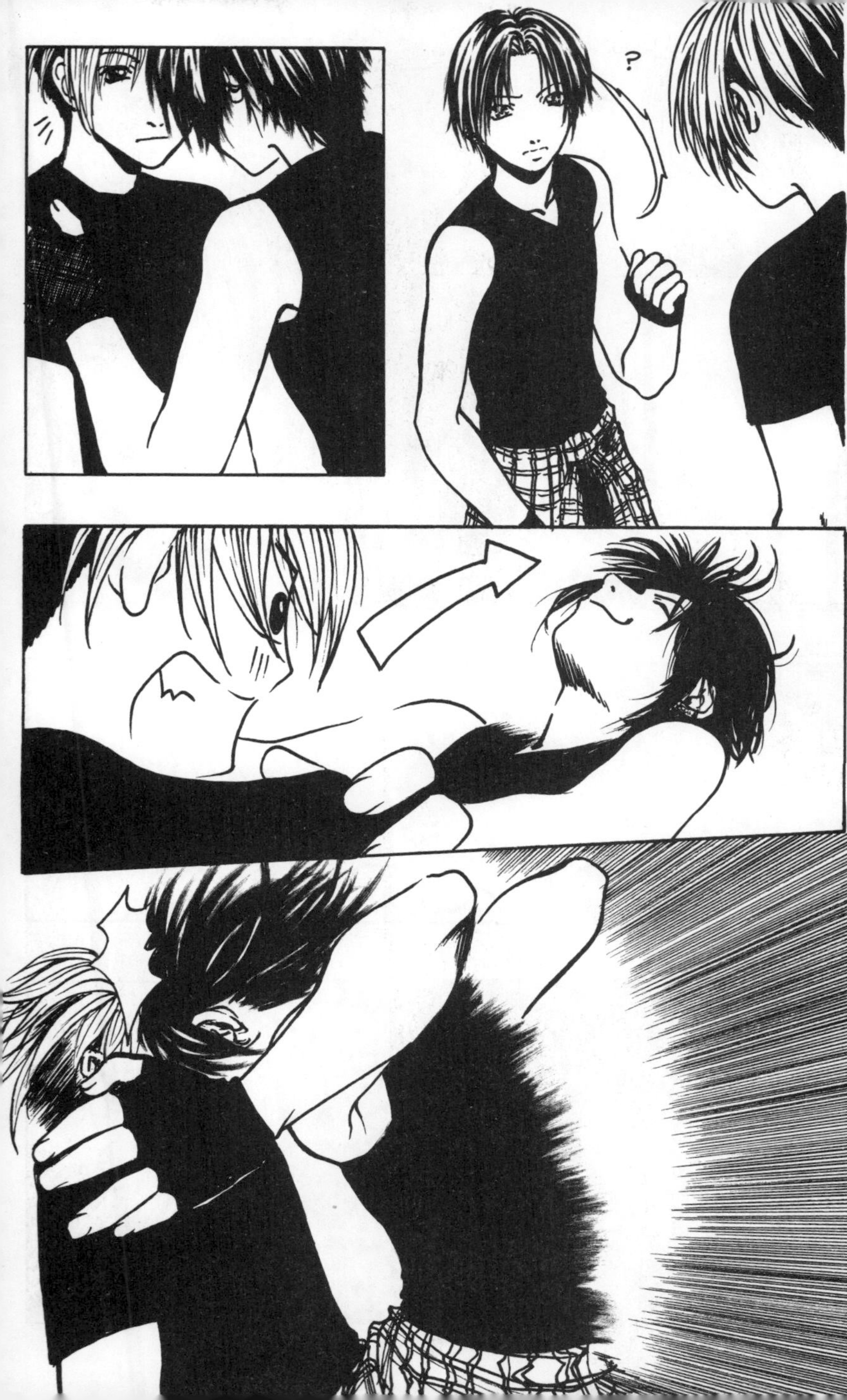

Sorry, Erik...
Ich bin fertig!
Hohlkopf! Ich meinte, du sollst aus der Zelle rauskommen.
Ups!
BOFF
Ha Ha Ha!
Keine Ahnung, wie das geht!

Mit dir wird man noch wahn-sinnig!
Was ist eigentlich mit ihm?
Ist wohl besser, wir lassen ihn hier...

Ein interessanter junger Mann. Jeder normale Mensch wäre bei den heutigen Ereignissen längst ausgetickt.
Erik?
Der tickt nie aus, außer es geht um meine Schwester.
Ich habe ihm sogar mal Fotos von ihr für SEHR viel Geld verkauft.
Wusste sie davon?
HE
HE
Hmpf... Dann hätte ich längst das Zeitliche gesegnet.
Aber damals war ich jung und brauchte das Geld...

Es ist ein Wunder, dass er seine Pubertät überlebt hat.
Aber weißt du, Joel... jemand mit einem Baybface wie du sollte nicht so erwachsen reden.
KNACK
Idioten...
Demien, du bist echt so cool!
DRÜCK
So, Kinder, es ist Zeit für die Heimreise...
!!

Fertig!

SWISH
Huch?!
Was ist denn hier passiert?!

Ha Ha Ha!
WUSH
DOSH
Ähm...
Das ist also die Schwes- ter...

Ich glaube, du tust ihm weh...

Meine Güte, was für ein Chaos...
Tut mir leid, dass du da reingezogen wurdest...
Sobald es geht, werden wir dir natürlich die Rückkehr zur Erde ermöglichen...
... aber bis dahin wirst du dich leider noch etwas gedulden müssen.
Was soll das heißen?!

Wir dürfen den Schlüssel zur Erde leider nicht zu oft verwenden.
Das nächste Mal dürfen wir das Tor in einem Monat öffnen.
Was?!
Daher wollte ich dich fragen...
... ob du in dieser Zeit auf meine Kinder aufpassen würdest.

Biiiiitte!
Äh... Okay.
Juhuuu!
Lügner... Das Tor zur Erde kann man jederzeit öffnen...
Der braucht nur jemanden, der ihm seine Kinder vom Hals hält, und nach dieser Sache mit Fnifna haben Cain und Abel Angst vor ihr.
Irgendwie kann ich da nicht nein sagen...
... wenn ich sowieso hier festsitze.
Aber was ist mit Demien?!

Wenn man bedenkt, wie verzweifelt er versucht hat, von hier zu fliehen, kann man nicht verlangen, dass er hier bleibt.
......
Wenn die Zeit gekommen ist, kann er entscheiden, was er tun wird.
In einem Monat kann sich so viel ändern...

Was guckst du so blöd?!
Willst du Ärger?!
Es geht schon wieder los...
Hey!
Wer nichts zu tun hat, kommt mit mir!
Mir fehlt gerade ein Versuchskaninchen!
......
WUSCH
Siehst du nicht, wie beschäftigt wir sind?

Irgendwie macht es Spaß... Vielleicht sollte ich doch Vaters Nachfolge antreten?
HE
HE

Ende

Olga Rogalski

... vielen Internetnutzern besser bekannt als JD-Ayane, ist in der deutschen Manga-Szene schon seit einigen Jahren höchst aktiv. Sie hat die Fachoberschule für Gestaltung in Augsburg besucht und bereits zwei Mal einen der vorderen Ränge beim Talentwettbewerb der Leipziger Buchmesse belegt. Auch beim Kalenderwettbewerb des Magazins AnimaniA fand eines ihrer Werke Aufnahme in das Projekt.

Nach ihrem viel beachteten Beitrag zu Manga Fieber 2 ist Triple Witching Hour ihr erstes Buchprojekt.

Umfangreichen Galerien mit Fanarts und zahlreichen Manga findet man unter http://people.freenet.de/angelwing/ und bei www.animexx.de unter JD-Ayane.

TOKYOPOP®
GothicSports
Anike Hage
DEUTSCHE MANGAKA AUS MANGA FIEBER1
AUS DEM ABSEITS AN DIE SPITZE!
www.tokyopop.de
© 2006 TOKYOPOP GmbH & Anike Hage

IN THE END

Der Schüler Kaito Niikura gerät ständig in Konflikte mit seinem Vater, der keinerlei Verständnis für die Lebensweise seines Sohnes aufzubringen vermag. Derart allein gelassen sucht Kaito nach dem Sinn seines Lebens – bis er eines Tages dem Lehrer Ren Ando begegnet, der eine fast schon krankhaft erscheinende Liebe zu dem Schüler entwickelt ...

In the end basiert auf authentischen Äußerungen von Jugendlichen in diversen Internetforen, die Pink Psycho dramaturgisch bearbeitet hat. So spiegelt der Manga das Lebensgefühl einer Generation wider, die das Gefühl hat, keinen Platz in unserer Welt zu finden.

TOKYOPOP®

ISCEL
TOKYOPOP®
Detta Zimmermann
DEUTSCHE MANGAKA AUS MANGA FIEBER1!
WER DIE ISCEL KONTROLLIERT HAT DIE MACHT!
www.tokyopop.de
© 2006 TOKYOPOP GmbH & Detta Zimmermann

STOPP!

Dies ist die letzte Seite des Buches!
Du willst dir doch nicht den Spaß verderben
und das Ende zuerst lesen, oder?

Um die Geschichte unverfälscht und originalgetreu mitverfolgen zu können, musst du es wie die Japaner machen und von rechts nach links lesen. Deshalb schnell das Buch umdrehen und loslegen!

So geht's:

Wenn dies das erste Mal sein sollte, dass du einen Manga in den Händen hältst, kann dir die Grafik helfen, dich zurechtzufinden: Fang einfach oben rechts an zu lesen und arbeite dich nach unten links vor. Viel Spaß dabei wünscht dir TOKYOPOP®!